조성만 제1시집

영과 양심이 그리는
시는 법이다

문예출판

발간사

문자들이 모여들어 짝을 찾고 맺어지는 과정에 나의 감정과 생각 느낌보다는 내안에 영과 양심의 시선들이 포개어 흐른다. 이를 질투라도 하듯이 창조의 이성과 자연의 본성이 잠에서 깨어나 소곤거리는 그들의 이야기와 사랑을 엿보고 나면 나 자신도 모르는 우주여행을 즐기는 것이 시 같다. 처음에는 먹고 살아 보려고 겁 없이 자판을 두들겨 봤는데 시인들과 문인들의 가치 높은 은유와 비유에 놀라 잠시 머뭇거리며 두들기던 자판을 한동안 멈췄던 것이다. 이 모든 것을 아시는 하나님께서는 하나둘 다 내려놓게 하시고 나에 잔머리와 아이디어로도 이를 수 없는 아주 극한 단계까지 내몰았다. 정말 내 힘으로는 도저히 불가능하다고 스스로 인정할 때까지 말이다. 그렇다고 해서 불안하거나 초조함과 같은 생각에 심하게 떨지는 않았으나 조금은 머릿속에서 맴돌곤 했었다. 아무리 생각을 거듭해 봐도 하나님이 아니면 할 수 없는 일이다. 내 주변에 친하다고 생각하는 사람들은 다들 거절하며 등을 돌리는 상황이었다. 정말 인간으로서는 상상조차 할 수 없는 일이다. 단지 나는 하나에 도구 역할만 할 뿐, 그저 단순한 심부름꾼에 불과하다. 가라면 가고 오라면 오는 심부름만 하라는 것이다. 오늘도 그 명령 따라 이 글을 작성하고 수정하여 전달하기 위해 발걸음을 옮긴다. 다 하나님께서 하시는 일이다. 돈 한 푼 없는데도 시키시는 일만은 하게 하신다. 그때마다 모든 것을 통치하시고 주관하신다. 내 생각은 쏙 빼놓고 하신다. 나는 자신도 없이 이 일이 과연 될까 하는 걱정이 생겨 지만 목적지 향해 달리다 보면 자신감으로 바뀌고 확실히 된다는 확신이 들어오는 것이다. 설령 일이 잘 안 되어도 여기까지 인도하셨다는 생각이 나를 편안하게 해준다. 이런 현상들이 바로 하나님의 뜻이며 하나님께서 하시는 일이시며 나는 단순한 도구일 뿐이라는 생각이 나를 사로잡고 움직인다.

그래서 마음에서 우러나오는 데로 가감 없이 현실을 옮겨 적
는 것이다. 하나도 빠지거나 흘림이 없이 순간순간의 감정과 느
낌을 그대로 자판을 두들기고 있다는 것이다. 감사가 절로 마음
과 생각에서 폭포수처럼 흘러나오는 것이다. 걱정과 의심 가식
은 깨끗하게 사라진다. 아니 이상하리만큼이나 전혀 그런 마음
이 한점 들지도 않는 것이다. 나를 둘러싸고 있는 지인분들에게
정말 미안하고 감사할 뿐이다. 때로는 불안한 마음이 급습해 오
면 하나님께 그대로 나의 마음 상태를 고하고 나면 서서히 그
나쁜 기운과 생각이 사라진다. 이것이 다 예수그리스도 믿음의
행위가 나에게로 들어오고 있는 것이 틀림이 없다. 참 신앙의
믿음인 것이다. 다만 내가 지금까지 아주 갈급하게 찾았고 하나
님께서는 내 처지를 받아 주신 것이 틀림없는 사실이다. 이 시
집도 하나님께서 쓰실 곳이 따로 있기에 저도 모르게 김기진
시인님을 통하여 계획하시고 진행한 일이 사실이다. 이 또한 하
나님의 사랑 같다. 지금 아주 다급하게 불어닥친 자금 문제로
앞이 캄캄하며 길이 없다는 생각뿐이고 마음만 너무 급하다 보
니 그저 죽고 싶은 심정이 나를 압박만 한다. 그래도 내가 걸어
온 길을 되돌아보며 후회도 들었지만 그래도 여기까지 인도하
신 하나님께 감사하며 끝내야겠다는 마음이 한쪽에서 솟아오른
다. 그런데 뜻밖의 수원에서 학교를 하시는 윤한묵 목사님으로
전화가 걸려와 희망의 소식과 더불어 위로의 말씀을 주신다. 듣
고 보니 모든 것이 하나님께서 운영하시는 것 같아 만나 보았
지만 역시 사람의 뜻이었으며 욕심이었다. 역시 통치는 하나님
께서 하신다. 에베소서 3장의 바울의 이야기처럼 히브리서 1장
1-2절의 계시같이 말이다. 성경을 성경의 인물이나 선지자들의
글로 읽지 말고 내 글을 찾아서 읽어야겠다는 생각이 들어 이
글을 쓰며 창조를 완성하기 위하여 오늘은 총신대학원 강웅산
교수님을 연결해주신다. 하나님 정말 감사합니다. 주관하시고
인도해 주실 줄 믿습니다. 아멘 할렐루야

2021년 5월 15일 시인 조성만

<차례>

2부 길

3부 더위

4부 바다

1부 팽이

팽이

팽이가 돈다
우주의 힘으로
짝꿍도 없는데
외로움을
맛나게 먹는다

맞을수록
신나게
고독을 돌린다

홀로 서지도
못하면서
오직
혼자만의
시간을 간구한다.

진다는 것은

하얀 백설 위의
발자국도
나이를 먹는다

봄의 새싹도
나이로
곱디고운
색깔을
향기로 지운다

나무는
바람으로
물을 마시고
사랑은
앙상한 가지로
봄을 입고
바람은
빛을 흔든다

사람들은
늙어가는 것이
지는 거라고
석양이 남기는
시간을 챙긴다

고향

심산계곡의
맑은 물이
마을 어귀에
놓아 기른
느티나무의
그림자가
따끈따끈한
사랑을 건내준다

바삭바삭한
소리를
간지럽다고
앙칼지던
마른 잎이
애지중지하던
이불을 깔아놓으니
그 위로
느티나무의
향기만 꿈틀거린다.

양심

가자
양심이
살 수 있는 곳
숨어 왔던
그곳

반짝이는
별을 타고
색도 묻지 않은
선을 타고
가야만 한다

양심을
넘지 말고

아무도 모르게
살며시 가자
색도 입지 않은 곳
오직
양심만
있는 곳으로
가자

교회의 신앙

성전 속의
강대상을
향하여
마음을 모아
두 손으로
믿음을
잡으려 해도
잡지 못한다

사람들은
오감을
칼날 끝에
세웠지만
체감도 못 하고
가난 속에
잠겨있는
무상무념의
진리 밖으로
맴돌고 있다

눈雪

새하얀
눈은
계곡을 덮는다
구름도
뽀얀 속살을
드러내며
하얀 사랑을
내민다

티 하나 없는
사랑 위에
떨어지는 빛은
눈부시다 못해
눈과 귀를 잃고
공간만을
적시고 서 있다

베란다 신앙

아파트
베란다 끝에
널어놓은
믿음의
실상을 보려고
무지개 타고
하나둘 모여든다

불의 말씀만
입술에
딱 달라붙었고
성경에 잠긴
언어만
따로 움직인다
통치하소서

복음의 길

눈동자 속에
살아 있는 꿈이
계시로
소화될 때
오감은
땅에 묻는다

길들여진
관념의 문화도
탁탁 탁 털어
숨김없이
버릴 때
삶은
실상을 보인다

소나무

울창한
숲에 묻혀있는
푸른 소나무만
볼 수 있게
하늘은
된서리를 내려
속살을
쥐 잡듯이 잡고
육송의 기운으로
공간의 삶을 찌른다

하늘은
솔의 절개를
새하얀 설경으로
산뜻하게 들어내듯이
어둠과 현간
진리는
소리로 스쳐 간다.

11월

한해를
등에 업고
색의 현상을
몸에
바르고
진리 안에서
자유를 누린다

단풍은
땅에 기대어
바람 앞에
재주를 넘으니
갈잎으로 뒹군다

무늬의
찬란한 빛이
열매를 익히고
삶은
문밖에서
서성거리는
차디찬
지혜를 본다

훈민정음

훈민이
자연 속으로
들어가 정음으로
별과 달 해를
그리고
삶의 꽃으로
온 누리에
곱게
아름답게 핀다

그 향기는
보이지 않는
민족의 얼이라
따뜻하고
시원한 바람이요
그 중 온기는
훈민정음이라오

가을하늘

가까이 왔다가
높아진 하늘이
뿜어내는
정의로움은
풍성하고
알찬 열매로
보여 준다

열대야

별들도
부채질하는 밤
은빛 달은
곱고도
눈을 시원하게 한다

매미도
조용히 잠재우는
어두움은
지나가던 열대야를
불러 세운다

소쩍새는
적막을 뚫고 와
자고 있는
고요를 흔들어
서러움에
푹
담갔다가 건져낸다

빛의
변화는
열대야를
생각에서 지운다

천지인의 조화

붉게 타오르는
저녁 노을은
오감의 이기심을
진리로
사를 때에
나타나는
황홀감이다

어두움은
현세의
걱정과 근심
피곤함을
깨끗하게 몰아낸다

효孝 이야기

아이가
뒤뚱거리며
할 배 사랑을
꼭 잡고 서서
할 매 마음 훔친다

다 알고
있다는 듯이
자신의 지혜를
눈 밖으로
쏟아 낸다

사랑과 사랑
사이에는
엄마 아빠가
있다고
우물쭈물하다가
효는 사랑이란다
사랑은 내리는 것이다

소현세자의 강빈

떠돌던 구름이
남기고 간 사연들을
모아다가
무지개 위에 펼쳐 놓고
곱고 고운 햇살이
소현세자와
강 빈을 만난다

우람하고 듬직한
귀목나무에 걸린
영회원을 보고
산속의
풀벌레 소리
매미의 울음소리는
그칠 줄을 모르는구나

사람들은
이제야
노수에 젖은
흔적들을
하나둘 꺼내 들고
하늘에 조명해 본다

가족

모자 속의 생각
옷 속의 마음을
햇살에
걸어 놓으니
오감은 떨어지고
사랑은
배밀이가 삼킨다

검붉은 인내와
땀 냄새는
별과 달을
그리고
하늘의 뜻은
중심에서
진리 행하고 말한다

앎의 길道

눈동자 속에서
꿈틀대던
야무진
꿈
깨달음이
시원한
자유를 준다

옛것
지우니
산뜻함이
이마에 맺히고
어금니에 힘주니
마음은
둥근 공을 그린다.

문풍지 밀치고
내미는 몸
어두움을 대신해
그 공간을 채운다
벽을 흔드는
추는
음양을 칠한다

봄은 흐른다

듬성듬성
오는 비 사이로
바람만 요란하고
거세지만
모르는 척하는
깊은 잠

생각을 속이고
신발 벗은
아이에게 물었더니
꽃은 여전하다는 대답
네가 모르고 있구나
잎은 더 피었을지라도
꽃은 저버린 게 분명하다

글씨

마음을
불러 드린
글씨는
묵은 시간
밀어내고
종이와 연필이
웃다가도 울고
사람은 춤을 춘다

문장이
글씨를 사유하면
하늘 오르고
공유한 글은
자연과
하나 되고
동심이 모이면
색깔이 소리를 입는다

2부 길

길

평지의
길은 볼 수도
상상도 할 수 없다

동서남북은
지평선 안에
갇혀 있고
방향은
눈이 소유하고
도는
신앙이
먹고 마신다

밤

서산
모렝이에
모여드는
노을은
처음을
알리는
황홀감이요

두 눈의
시작은
비움으로
이어 주니
밤은
생명을
창조한다.

낮

양의
아침햇살은
사람들을
깨워
동행 한다

언어는
그 빛으로
바다와
공을 살펴서
품고 다스리며
생각과 생은
덕惪을 창조한다

볼 수 없는 길

아기가
등과 배로
바닥을 미는 것은
현소 하는 것이고
생각과 살가죽이
포개지는 것은
성취하는 길이요

마음의 통로는
아가페의 길이요
시간이
지그시 밟는 것은
생명이요
서 있는 것은 삶이니
볼 수 없는 길은
생과 사를 결정 짓는다.

자유

성경 위에
한 움큼 믿음을
올려놓고
하늘을 쳐다보니
별들은 블랙홀을 만들고
태풍의 거친 소리가
이득을 찢듯이
지식으로
행복을 짓고 있구나

자유와 평화는
자연으로부터
호흡하는 것을

갈등

몸과 생각은
자연의 두 눈으로
따로따로의
정답으로
꿈틀거린다

전 좋은
빛 삼킨
그늘로
치료하고
진리 벗어난
땀방울이
지면을 기경한다

눈 오는 날

산천초목을 달래듯이
들판의 허전함을
다독거리는
눈빛은
사이에 갈등을
하얗게
밀어내는 시간이다

시커먼
논쟁도
하얗게 변한다

탐욕을
꽃으로 사르고
날리듯 떨어지는
하얀 줄기는
상현과 대지를
하얗게
짝짓게 하는 날이다

우물

우물 속 나무에서
향 내음이
진동하니
지나가는 바람이
우물 속의
나무를 흔들어
달빛이 밖으로 새 나온다

자연의 이치는
하늘의 아름다움을
우물 속에 그려 넣는다

가을

늦은 비에
젖은 옷 벗어
바닥에 펼쳐놓으니
갈등 없는
빈산의 넉넉함이지요

한 철 내내
땀 흘린 알곡
다 내어 준
빈손 이야기들을
샛별들이
속마음까지
하얗게 끌어 올린다

앙상한
가지에 걸린
빛들이 달려들어
일 년 내내 쌓인
노란 눈물을
하늘 그릇에
옮겨 담는 때이다

조석의 찬 기운은
들녘의 온기를
하나 둘 씩 걷어 내고 있다

가정

생각이
벽에 걸려있고
방바닥엔
사랑이
맛깔나게 널려있어
배밀이 손자가
배로 다니며 삼킨다

땀에 젖은 행복은
몸을 벗어나
빨랫줄에서 놀고
재물 보다
사람을 먼저 찾는
하늘의 사랑은
가족 공동체에 머문다

입에 담을 수 없는 한반도韓半島

나라 한韓
반 반半
섬 도島자가
두 다리 쭉 뻗고
하늘과 땅을 치며
섬島자로는
반도半島라는 단어가
될 수 없다고 통곡 한다

대한제국을 뭉개버린
문자의 벙어리는
두 눈을 뜨고도
귀로만 볼 수 있었던
그때 그 시절 그 이름 한반도韓半島

이제는 두 시력으로
보고 뜻을 깨달아
본질과 그림자까지도
검룡소에 씻어 버리고
덕德을 세상에 쌓아야겠다.

태풍

새우의 땀방울
하늘 위로 올라와
뱅뱅 돌면서
구름을 불러들이고
기운을 일으켜 세워
천지의 물로
물의 경열 식힌다

태풍은 눈으로
바다를 삼켰다가
토하기도 하며
애꾸눈 부릅뜨고
거센 힘
과시 하다가도
통치로 소멸 한다

평생을 뜬눈으로
바다를 지키는
하나님 생존함을 전한다

고전에 살아 있는 씨

어질 인仁을
성경으로 쪼개고 쪼개어
씨仁를 끄집어 내니
세상 기지개를 켜며
늠름하게 걸어 나온다

성령님이
싹틔워 숲 이루니
예수 예禮자라고
우렁찬 함성을 외친다
1527년도의 자전
훈몽자회 속에서
한 잠 자고 있었다고

영생하는 씨仁라 말한다

○○깨지고

꿈은 깨지고
사랑 만 남았다.

사라진 저고리의
옷고름 하나
움켜잡고
맺은 인연
풀어 낼 길 없어
보름달 보듬고
밤새 울었다

강가에 벗어 놓은
신발 한 짝
바라보며
풀린 인연
마주 할 길 없어
초승달 보듬고
밤새 울었다

생명은 깨지고
다정한 말 한 마디
한으로 남았다.

합창

마음 바다로
모여드는 목소리
나 보다는
이웃을
먼저 사랑한다

합창은
도모를 소리가 사르고
이기심을 태워
공동체 화음을 만든다.

생일

아내가 나를
매년 새롭게
태어나게 한다

생일은
내일처럼 가깝기 만하고
미래의
내일은 멀게 만 느끼는
손 밖의 날이다

아들딸
태어나서
손주가
미소 띄울 때
소리 보다
농익은 사랑이
먼저 간다.

아— 삶은
일폐지일생 蔽之 生이라
했던가

사랑의 위치

세속을 떠난
사랑
하늘로 비상 한다
그대와 나
그 자리에 서서
말없이
먼 곳 만 바라본다

하늘 사랑
내려와
그대와 나를
흔들어 깨우면
오뉴월의
싱싱한 요체들이
참 사랑으로 이끈다

보혈

보혈이 담장을
넘어 온다.
농음의
싱싱함으로
젊음 싹이 튼다.

신앙의
쭉정이가
불에 탄다
가시가 주는
미학은
정과 열정은 장미다

법

자연의
법은
빛과 물이다.

동물의
법은 사람이다.

식물의
법은 흙이다

재판관은
바람과 공간이다

봉사

언어의 재주나
문자 나열로
일어나는 가치가 아닌
마음과
몸의 행위로
그려내는
감성의 극치다

땀의
춤과 리듬은
생각을
눈물로 바꾼다.

3부 더위

더위

축 축
늘어지기만 하는
엿가락은
더위만 보이고
정작
엿 맛은
사라지게 한다

아무리
바람 속을
들여다봐도
투명하고
맑아
말 한 마디
못 건넨다.

여름을 삼킨
초록 잎은
사이와 공간을
오가며
윙크만 한다.

병풍

두 눈 속에
비치는
아름다움을
소리로
옮겨 놓았다

대나무 숲속을
산책하는
바람 발자국

구름도
춤추게 하는
늘어지고 숨 가쁘게
노래하는
계곡의 장단

물속에서
노니는
수사화水梭花의
마음을
읽고
사람들은
영탄詠歎한다

생과 애愛

풍풍
솟아나는
옹달샘
평생을 퍼주고도
다
주지 못하는 사랑

파란 고추를
붉게
물들이고도
더 주지 못해
서산마루에서
서성거리는
노을의 마음이다.

복음

밝고 맑은 빛의
그림자가
심히 부끄러워
소매 속의
얇이
두 눈을 가리고
품속을 더듬는다

성경을
쉽게
얻고 보니
모르는 진리만
날뛰는구나

소리 높여
울부짖지만
감정만 흐르고
믿음은
몸 밖에 서 있다

옷衣

옷은
하나님의 마음이자
사랑이다.

옷은
창조이자
사람과 자연이
하나라는
표징이다

옷의 도道는
부활이다.
옷을
입은 것은
그리스도의
믿음을 입는 것이다

하루

보이지도
쉬지도 아니하고
돌기만하는
시간 붙잡고 일어나
소리로
쪼갠 시간이
빛으로 닫는다.

아래 위의
혼돈이
만나는 지평선은
세월 속에
하루를 기록한다.

사람의 하루는
짧고도 짧은
찰라로 지나가지만
하루살이는
하루가 일생이다

밤과 낮

눈 섶에 매달린
우주는
저녁과 아침이라

마음속에 있는
도(道)는
사랑이라

낮은
말하고
밤은 들으며
빛으로 먹고
어두움으로 자란다.

이름

이름은
이웃을 위한
멍에요
징표이다

이름에
기생하는
구음(求陰)은
배려를 먹고
상부상조로
추수 한다는
진리의 가르침이다

창세기

흔들리는
날씨의
마음은 알고
천기는 무시하고
문자로 만 이해한다.

바람의 손금은
잎사귀를
쥐었다 놓고
시간은
색깔과 소리를 바꾼다

스스로
보이는 것이
사랑에 녹을 때
창조주의
뜻을 깨닫는다.

빛

글자 속에서
그분을 느낀다.

묵향에서
새나오는
먹물이
죄를 닦아 낸다

더듬고
기억하여
천 년 전
만 년 전 의
오늘을 이야기한다

부족함

어설프게
태어나서
아는 것만 보고
흙으로
돌아간다

반복되는 날은
단 하루도 없다
망설임 없는
절기는
시작만 하고
음과 양은
신비만 풀어 놓는다.

세상

저녁이 되니
음을 알게 하고
맑은소리 하나
마음에 들어온다
바다

흐름의 한
거품을 품어도
멈춤으로 거듭난다.
양洋

아침이 되니
하늘과 바다는
창조주를 뵙는다.

이理를 깨우친다.

효孝

노인의 빛은
흙이다

삶의
한 자락에
참사랑의
흔적 남기고
되돌아가는
사람을
효孝라 한다.

음과 양이
사귀는 '효' 자부터
시작하여
125개의
'효' 자字로
구분한다.

아리랑

어리랑은
문자와 언어의 경계다

영혼으로
미래를
달아놓은 것이다.

띄어쓰기

공간의
심미학이자

문자의
침묵이요

언어의
쉼이다

마음의 공간
우주의 공간이
종이
생명으로
태어나는 것이다.

통일

마음을 살짝 열고
갓 나온
따끈한 언행

생각만 해도
참 좋은 사랑
진리의 향연

자신을
다른 사람 위에
두지 않는 사람

이 녹슬지 않는
언행에
통일을 심자.

맹물

눈에는 보이나
잡을 수는 없다.

거짓 없이
자유자재로 어울린다.

무능력 같으나
거짓과 추함을 분해한다.

호흡은 없으나
살아있다.

믿음

믿다보니
한 평생이 다 같습니다

영원히
못 볼지라도
섭섭해 하지는 않겠습니다

믿음은
어느 누구에게도
똑 같이
그리움으로
남아 있으니 까요

말

신과 사람이
하나 되는 것이다.

생명의
소리이자
음과 양이
하나 되는
척촌지리다

음과 양이
낳는 것은 씨앗이다

말의 영혼

말의 영혼은
소리로
사라지고

문자와
한 몸 되면
생명으로 노래한다.

문자와
이혼離婚한 말은
기호를
부둥켜안고
긴 숨을 몰아쉰다

4부 바다

바다

지구의 생명은
해海다

아침에는
얼굴을 윤내고

저녁에는
발을 닦는다

밤에는
빛을 따라
하나의 순리로 모여
관향貫鄕 없는
생명으로 거듭난다

침묵이란

자연의 빈 곳에
심상과
느낌을 놓는다

시간을
공간위에
올려놓는 것이다

평등

수평선은
생명만이
그릴 수 있다

다스림의
근본은
다 살림에 있다

생명체의
시초始初는 평등이다

나무

나무는
품을 때와
버릴 때를 안다

나무는
불녕의 때와
변할 때를 안다

나이가
많으나 적으나
항용恒用
자연의 순리를
따르니 아름답다

사람

태어날 때
소리 내 우는 것은
상견의 감격이다

신이 들어가
눈물로 나오니
오감이 태동하여
산로産勞를 날려 보낸다

소리의 물이
마음에 고이니
땅의 공간을
채우고도 남는다.

반면신앙反面信仰

여호와는
생명 말씀하시는데
열심과 정성으로 답한다

여호와는
모든 짐 내려놓으라고
명하시는데
고통과 걱정을 고하며
돈을 구한다

여호와는
부활을 말씀 하시는데
도덕으로 답 한다

때가 참에
종이 위에서
일어나는 생명이다.

천명天命

둘 같지만
하나로
시작을 열고
음양陰陽을 오고간다.

초初를 흔들어
여자는 남자를 살리고
남자는 여자를 살리니
하나님 뜻을 이어
창조를 완성한다.

생명은
하늘이 내리고
땅이 양육하니
천명은
지혜를 다스린다.

목소리들의 잔치에 붙이며

성화로 부르는 찬양은
울퉁불퉁한 소리
길고도 짧은소리
날씬한 소리 뚱뚱한 소리를
낮에는 다듬고 달빛에 갈아
청량하고 고운
여낙낙 음색으로 수풀을 이룬다

화음세포가 성화되어
영리한 세상을 넘고
칭의로 주님을 만난다

입안에 고이는 복음성가
어깨를 들썩거리며
신령한 옷을 입는다.

흔들리는 글

수정하지 않은
글이 어디 있으랴
세상의 아름다움도
비바람이 수정했으니
항상 살아 움직인다

젖지 않은
글이 어디 있으랴
바람과 비에 맞아
흠뻑 젖은
글로 태어났으니
항상 세상의
빛이다

처음과 시작

하나는
처음 초初이지
헤아림이 아니다.

둘은
시작이지
숫자가 아니요
빛이다
만물을 살리는 생명이다.

셋은
조건 없는 하나로
완전한 가치로
스스로 있는 것이다

아버지

얼굴에
맺힌
땀방울은
하늘의.
언약이듯이
이마에서는
힘으로 굴러
하얀
흔적을 지운다.

사납게 자아와
씨름하던
아빠도
자식에게는
미소를 띠고
모든 것을
아낌없이
다 내어 준다.

부부

야금夜今은
열정의
공간예술을
몰래 훔친다

나와
음 양이 하나 되니
진리를 삶으로 옮긴다
원앙
숨소리
아가페 열어
천지를 살린다

숨소리 없는 여우

따뜻하게 품어주던
체온 잃어버리고
하늘이
내려놓은
그물 안에서
영리한 짝사랑을 한다

마이 폰이
새벽을 깨우니
마지막 도유塗油도
인지의 불로 사른다.

손끝을 벗어나면
불안하고
손안에 있으면
수단에 메이는구나

문자文字

수문首門을 열어
하늘의 명을 보게 하니
글월문文이라

문文이 문文을 호흡하여
감성感性을 표현하니
글자 자字라

눈 코 귀 입 손
오감이 생동하여
문자文字에
새 생명을 잉태한다

나의 믿음

두 손을
모은 기도
세속을 씻어
가족 등에 업고
은혜 자국 남긴다

찬양이
눈과 코로 흘러
오염된 생각을 씻고
믿음이 들어오니
몸은 세상을 일깨운다

영성

이론과 지식
언어도
아니고
몸속으로 임하신
성령님

행실이
빛으로 변하고
말씀이
머문 자리엔
진리의
열매가 맺는다
욥기 42장 5절로
두 눈을 뜬다

무소유

물은
비움의
철학이다

물은
소유를
하지 않는다.
땅에서
가장
좋은 것이
물이다

효

효를 쪼개면
흙이고
검은 빛이다

중심은
내려오는
사랑이다

소나무

소나무는
낙엽이 주고 가는
힘으로
혹독한 추위도
이겨내지만
움트는
새싹 그늘에는
고개를 숙인다

소나무가
즐기는 고독은
따끔한
잎이 건네는
푸른 침과 물이다.

고향 소리

이제서야
나이가
옛
감성을
꺼내 들고
지게 작대기
소리 내며
화음들을
불러 모은다
고향에 소리 들을

아지랑이가
향기를 쫓아가니
기억이
자유롭게
흐르는
시간이다

왜 사람을 인간이라고 했을까

'인간(人間)'이란 말은 뜻글자인 한자어에서 왔다. 여기서 말하는 '인(人)'자란 문자 역시 한자어에서 왔다. 이 글자는 어떻게 만들었는지를 한 번쯤은 생각해 보자. 人(인)'자는 흔히들 사람이 서로의 등을 맞대어 기대고 살아가는 것이라고 말하고 사람 '인'자라고 한다. 다들 그렇게들 알고 있다. 아담과 하와처럼 남자와 여자로 서로 다른 둘이지만 부부로 한 가정을 이루고 살아가는 모습이라고도 한다. 실은 '인(人)'자는 사람들이 등을 맞대고 기대는 것이 아니라 사람과 신이 서로의 틈도 없이 밀착하고 있는 것을 뜻하는 것이며 사람은 원래가 신의 도움 없이는 단 1분 1초도 살 수가 없는 동물이 사람이기 때문이다. 그래서 우리 안에 성령님께서 자연스럽게 그 자리로 임하시는 것이다. 내 안에 영이란 자리가 존재하고 있다. 사도행전 1장 8절 같이 성령님은 인간 안에 존재하므로 사람과 신은 떨어질 수 없이 항상 딱 달라붙어 있으니 바로 사람 인(人)자가 정확하고 명확하게 성립되는 것이다. 그 사연인즉 하나님께서 사람의 코로 생기를 불어넣으셨다는 기록이 창세기 2장 7절에 있지 않은가? 그런 두 사람을 하나님께서 흙과 갈비뼈로 빚어 아담과 하와라는 이름으로 에덴동산에서 아무 걱정도 근심도 없이 살게 했다고 한다. 바로 이 모습을 본떠 만든 글자가 어질 인(仁)자라고 할 것이다. 그 후로 인간과 자연의 사이에서 일어나고 벌어지는 사건들과 인간의 욕구와 인간의 심리 상태 등을 표기하고 소통하기 위하여 만든 들은 '인'자가 무려 198자나 된다는 것이다. 네이버 사전에서 설명하고 있다. 여기서 아담과 하와의 사이에는 관계라는 공간이 없어졌다가도 있고 하나님과 아담의 사이도 보이지 않는 공간이 멀어졌다가도 가까이에 있었다. 이들을 문자로 표현하고 말로 소통하기 위하여 사이 '간(間),' 틈 '간'자가 절실하게 필요했을 것이다.

사람들은 서로의 관계로 시작하고 관계로 끝을 맺는다고 한다. 그래서 인간이라고 하는지도 모른다. 반듯이 사람과 사람은 관계의 사이가 존재하는 것이 참 진리인 것이다. 1527년도에 발행한 훈몽자회란 자전에도 뜻은 사람이고 발음은 인이라고 설명한 우리말 사전도 있다. 사람이란 방자함을 스스로 다스릴 줄 아는 인간을 사람이라고 불렀으며 어질 '인(仁)'자로 표기했다고 한다. 행실이 어질고 선하게 사는 사람을 성경에서는 예수 그리스도의 믿음을 소유한 자라고 말하며 거듭난 사람이라고 설명한다. 로마서 8장 5~7절은 영과 육을 다시 말하면 몸과 성령에 대하여 설명한 말씀이다. 에베소서 2장 11~13절도 우리의 처지를 분명하게 설명하고 있다는 것이다. 갈라디아서 5장 24~25절은 인간은 절대 혼자서 살지 못하고 반듯이 신에 의존하여 살아야 한다는 말씀이다. 사람들은 몸과 혼 영으로 구성되어 있다고 구체적으로 설명도 한다. 디지털 정보화시대의 초 정밀한 정보에 의하여 아주 섬세한 분류를 하는 현상도 다양하게 일어나고 있지만 정 반대 성질을 하나로 연결하여 융합하고 결합하는 일이 더 많이 발생 되고 있다고 봐야 한다. 사람과 신의 관계도 종교적인 현상이라고만 보지 말고 하나의 조화로 자연스럽게 일어나는 현상으로 인정하여야 할 때가 된 것이다. 이런 논리와 이론 나오고 있기 때문이다. 지식과 앎이 무지를 깨우고 자극하며 촉매 역할까지 하는 것이 21세기다. 이는 다 사람을 통하여 창조를 완성하고 새 창조를 하고 있다는 증거이며 세상 곳곳에서 이런 현상들이 나타나고 있다. 그 징표로 창세기 1장 11-12과 창세기 2장 5절이 같으면서도 완전히 다른 점을 들 수 있다. 이런 점과 이런 기록을 보면 정말 성경은 고전 같다가도 살아 있는 과학책이 틀림없기도 하다. 보기에 따라 방향에 따라 완연히 다르게 보이고 확 다르게 해석하는 것이 바로 성경인 것이다. 일부 목사들은 자기들만의 고정관념에 사로잡혀 미처 못 보는 분들도 간혹 있다고들 한다. 할렐루야.

〈해설〉개아의 편유編諭와 창조적 영혼의 파동波動
−조성만 시인의 시적 변별력과 일상화의 상樣相
엄창섭(관동대학교 명예교수, 김동명학회 회장)

1. 파토스적인 감정의 절제와 영적 상승

오랜 날 '우리의 소중한 삶의 일상에서 누군가를 만난다는 것은 때로는 운명적임'을 반복하여 역설한 평자의 경우라 일 단 독일의 법학자 칼 라렌츠(Karl Larenz)는 법의 개념을 "공 동체의 살아 있는 의지임"을 천명하였다. 모처럼 계간지 『아시 아문예』 주간을 담당한 시간대인 2010년 봄호에 등단한 조성 만 시인이 '영과 양심이 그리는' 『시는 법이다』(문예출판, 2021)의 첫 시집평설에 앞서 따뜻한 축하와 그간의 적조했던 안부의 인사를 나눈다. 모름지기 시적 발상은 합리적으로 통용 하되 응축된 긴장감이 미끄러짐의 시학에 의해 독자적인 '느낌, 체취, 육성'에 의한 시적 고뇌가 불확실한 시간대라 더없이 요 청되기에 이처럼 결집된 존재감으로 빚어낸 정신작업의 결과물 은 감동을 회복시켜주는 신선한 충격에 맞물려있다.

그 같은 연유로 삶의 일상에서 주어진 하찮은 일도 예술의 경지까지 끌어올리려는 인식의 전환은 지극히 절실하다. 지금 우리에게 주어진 시간을 '강물처럼 무모하게 흘려보낼 것이 아 니라 가치와 의미로 채워가야 하기'에, 따뜻한 감성을 지닌 정 신작업의 종사자들이 다시금 창조적 고통을 즐길 때야 격정激情 의 일순간도 평상심을 회복할 것이다. 특히 그 자신이 일상에서 겪는 생생한 세계고世界苦도 기독교신앙으로 극복하며 견고한 성 채城砦로 구축하려는 일념에는 비장감이 묻어있다. 한편 화자 (persona)자신이 시집의 자서격自序格인 「발간사」에서 "이시집 도 하나님께서 쓰실 곳이 따로 있기에 저도 모르게 김기진 시 인님을 통하여 계획하시고 진행한 일이 사실이다. 이 또한 하나 님의 깊은 사랑 같다. 감사합니다. 할렐루야"라고 기술하였듯

균형감각을 유지한 이채로운 시적 행위는 따뜻한 감성에서 빚어진 고뇌의 서정과 눈물, 그리고 천상의 층계 오르는 고독한 순례자의 정신적 산물이기에 시적 기후의 조성은 더없이 알맞은 것이리라.

일단 시집 간행에서 그 자신의 고뇌한 흔적은 편집구성을 통해 보다 극명하게 입증될 것이나 「1부 팽이(20편), 2부 길(20편), 3부 더위(20편), 4부 바다(20편)」의 보기처럼 각각 80편은 결結 고운 직물을 직조하듯 비교적 기승전결로 치밀하게 짜여 있다. "맞을수록 / 신나게/고독을 돌린다 // 홀로서지도 / 못하면서/오직 / 혼자만의 / 시간을 간구한다.(팽이)"의 보기나 또는 "오감을 / 칼날 끝에 / 세웠지만 / 체감도 못하고 / 가난 속에/잠겨있는 / 무상무념의/진리 속으로 / 빨려만 든다.(교회의 신앙)"의 시편에서 시적 정취를 불러일으키며 상처 받은 영혼을 치유한 그만의 역동성은 담백한 시격의 결과물로 조심스럽게 응시하고 분할·통합해 좁혀나간 시미詩味가 짐짓 특이하고 단조롭게 교감交感된다.

이 같은 시적 배경은 '한 순간의 격정과 끓어오르는 분노에 평정을 안겨주고 감미로운 심적 현상'을 버텨내려는 조성만 시인의 일관된 집념이 "길 드려진 / 관념의 문화도 / 탁탁 탁 털어 / 숨김없이 / 나눌 때/삶은 / 실상을 보인다.(복음의 길)" 도 그러하나 '예술에는 국경이 없지만 예술가에게 조국이 있다.'는 오랜 날 평자의 역설만큼이나 "그 향기는/보이지 않는 / 민족의 얼이라 / 따뜻하고 / 시원한 바람이요 / 그 중 온기는 / 훈민정음이라오.(훈민정음)"에서는 '민족의 문화요, 역사의 상징인 모국어에 관한 깊은 의식'에 비장감이 묻어나 한층 빛난다. 한편 시의미의 전위轉位는 법정 스님의 유지문遺志文에서 "내생에도 다시 한반도에 태어나고 싶다. 누가 뭐라 해도 모국어에 대한 애착 때문에 나는 이 나라를 버릴 수 없다."는 그 소망과도 무관치 않기에 '진정한 극소수의 행위자'로서 한껏 정신기후를 따뜻하게 조성시켜주는 좋은 시인과의 조우遭遇야말로 시 읽기의 작은 즐거움이다.

2. 영적 상승의 신비성과 영혼의 침잠沈潛

각론하고 푸른 생명적인 언어를 조탁彫琢하여 실상이 흐려 있는 영혼의 통로를 지속적으로 투사透寫할 일이기에 '별들도 부채질하는 밤, 은빛 달이 빛으로 시원하게 하는' 〈열대야〉의 시적 형사形似에 한층 공감이 주어진다. 그렇듯. '어둠이 현세의 피곤함도 말끔 씻겨내는 역설'로 읊어낸 "저녁노을은 / 오감의 이기심을 / 진리로 / 사를 때에 / 나타나는 / 황홀감이다(천지인의 조화)" 라는 예외일 수 없으나 '존재의 뿌리인 집(가정)'의 구성원으로 혈연血緣의 연계층위가 잇닿은 "땀 냄새는 / 별과 달을 / 그리고 / 하늘의 뜻은 / 중심에서 / 사람을 먼저 찾는 / 하늘의 사랑은 / 가족 공동체에 머문다(가정)"은 그 자신의 즉물적 상관물로 어둠이 음습陰濕한 잠든 영혼의 숲이며 또 하나의 관심사關心事다.

어디까지나 관조적 미의식을 삶의 응결체로 작동시키는 절박한 삶의 처소에서 "동서남북은 / 지평선 안에 / 갇혀 있고 / 방향은 / 눈이 소유하고 / 도는 / 신앙이 / 먹고 마신다(길)" 에서 새삼 입증되듯 특이하게도 "빛 삼킨 / 그늘로/치료하고 / 진리 벗어난/땀방울이 / 지면을 기경한다(갈등)" 의 보기나 "신앙의 / 쪽정이가/불에 탄다 / 가시가 주는 / 미학은/정과 열정은 장미다(보혈)" 에서처럼 '구원의 십자가와 그 시선의 포커스'가 일체의 가감加減을 배제한 변곡점의 구축으로 안정된 그만의 시 심리는 '사랑과 평화를 통섭通涉' 으로 여과시켜주는 남다른 열정의 매개로 삶의 중량감을 가중시킬 따름이다.

또 한편 본질적인 견고한 고정 체를 시어로 빚어놓은 정신적 행위는 행복한 언어의 집짓기로 비견할 수 있기에, 이념의 대립이 극명한 삶에서 그 자신이 맑은 영혼의 소유자임을 자처하지 않더라도 누구보다 생명의 말씀(logos)을 실천궁행하는 독실한 신앙인임은 무론하고 언젠가 이름 모를 낯선 포구에 닻을 내릴 인간의 본원적인 삶이 끝내 모든 생명체의 본원인 바다海라는 관념에서 온전한 신앙심은 '지구의 생명은 해海다' 라는 전제로 "하나의 순리로 모여 / 관향貫鄕 없는 / 생명으로 거듭난다(바다)" 와 같은 동일개념으로 "물은 / 비움의 / 철학이다 // 물은 / 소유를/하지 않는다.(무소유)" 라는 시적 형상화의 변주變奏는 창조주께 드리는 절박한 기도의 추이推移 뒤에 극히 밝은 환상의 춤사위다.

차지에 프랑스의 신비주의자 기욤 드 생티에리가 "인간의 영혼이 어떻게 자신의 아름다움을 생각할 수 있겠는가? 또한 어떻게 바로 자기 안에 그 모습을 비추는 자의 찬란함에 정복당하지 않을 수 있겠는가?" 라고 반문하였듯이 무엇보다 명백한 점은 '인간은 점진적으로 영적 상승을 통해서 동물적 상태에서 이성적 상태로, 다시 또 이성적 상태에서 영적인 상태로 이동할 수 있는 존재' 이다. 여기서 그 자신의 즉물적 대상에 대한 기대감은 '신비한 영적 상승' 을 지향한 연유로 "옷은 / 창조이자 / 사람과 자연이 / 하나라는 / 표징이다(옷衣 1)" 를 포함해서 동질화 양상인 "구음求陰은 / 배려를 먹고 / 상부상조로/추수한다는/진리의 가르침이다(이름)" 에서 확증되듯 "스스로/보이는 것이/사랑에 녹을 때/창조주의/뜻을 깨닫는다.(창세기)" 의 '기탄잘리(Gitanjali)' 는 순전한 영혼의 기도이다.

말의 영혼은 / 소리로/사라지고 // 문자와 / 한 몸 되면 / 생명으로 노래한다. //

문자와 / 이혼離婚한 말은 / 기호를 / 부둥켜안고 / 긴 숨을 몰아쉰다 //
　　　　　　　　　　　－〈말의 영혼〉 전문

위에 인용한 담백한 시격이 응축된 시편 〈말의 영혼〉은 내면인식에 갈앉은 인간적 번뇌를 새삼 눈뜨게 하는 묘법妙法의 발화이다. 이처럼 '언어의 생명력을 영혼과 잇닿은 소통의 화소話素로 의인화하여 결부지은 놀라운 충격에, 직면한 물상과의 대응을 통해 거대한 도시공간을 뛰쳐나와 자연과 연계성을 맺는

현존재(Dasein)로서의 지속적인 물음으로 삶의 본질을 해명하는 존재감은 수성水性의 생리에 기인起因한 삶의 잠언으로 방황을 마감하는 역동성이다. 한편 '시를 쓰려면 깊은 자기통찰'이 주어지기에 자아성찰에서 비롯된 80편의 짧은 시편은 '천상의 층계를 오르는 높은 영성의 존재자임'을 수긍할 물증이다. 이 같은 정황에서 주제시각에 견주어질 시편 〈법法〉은 투명한 영혼의 진동과 개아적인 서정성에 맞물려 그 정감과 색조가 자못 단조롭다.

　자연의 / 법은 / 빛과 물이다 // 동물의 / 법은 사람이다 //
식물의 / 법은 흙이다 // 재판관은 / 바람과 공간이다 //
　　　　　　　　　－〈법〉 전문

　위에 인용한 시편은 자연의 이법에 거슬림 없는 해자亥字의 측면에서 '생명의 절정이라'는 순환적 이미지의 접목이야말로 바슐라르적 상상력에 의한 '그 소박한 감성과 꽃의 현상학'에 당위성이 주어지는 시적 해명이다. 또 하나 그 자신의 특이한 시 의미의 틀 짜기에 견주어 "나라 한韓/반 반半/섬 도島자가/두 다리 쪽 뻗고/하늘과 땅을 치며 / 섬島자로는 / 반도半島라는 단어가 / 될 수 없다고 통곡한다(입에 담을 수 없는 한반도韓半島)"에서 즉물적 매개의 다채로운 구도적 처리도 〈문자文字〉의 시편에서 '에덴 사상'의 철저한 동일화 양상의 지향성은 성서적 접목에서 연계된 '행함에 의한 빛의 언어'라는 자의적 의미로 '생명의 기표'에 관한 독자적 해석이기에 실로 뜻깊다.

3. 언어의 심연深淵과 맑은 영혼의 치유

　모름지기 '서로 간의 빛을 나누는 사람人間'은 운명의 별 아래 태어나 저마다 주어진 삶의 십자가를 짊어지고 살아가는 존재이기에, 꼬인 전통의 실타래를 풀어가며 그 나름으로 감정을 절제하여 다소 엇박자의 음표처리도 모남 없이 자의적 해석으로 처리한 일상의 개아적인 특이성도 그렇지만 언어에 관한 식별력은 새삼 놀랍다. 차지에 삶의 일상에서 위기와 기교에 빠져

주제의 빈곤이라는 문제점을 안고 있는 우리시단에서 공간과 시간대를 자유로이 넘나들며, 순수서정의 세계를 지향하며 정신적으로 빈곤한 시적토양에서 그나마 시의 종자를 경작하는 시적 보행步行은 진정성을 안겨주어 불안감을 씻겨줄 따름이다.

까닭에 시적 이미지의 미적 주권을 확립하기 위해 '시의 자주성, 독자성을 회복시키려는 한 시대의 비공인 된 입법자立法者이며 충직한 한 사람의 사제司祭'로서 "나이가 / 많으나 적으나 /항용恒用 / 자연의 순리를 / 따르니 아름답다(나무)"에서 굳이 '잎은 뿌리로 돌아가지만 두 팔 벌려 하늘을 향해 기도하는 나무木의 상징성'을 성자聖子에 견주지 않더라도, 하늘의 언어인 '감사(thank)'로 일관한 그 자신의 삶에서 "입안에 고이는 복음성가 / 어깨를 들썩거리며 / 신령한 옷을 입는다.(목소리들의 잔치에 붙이며)"에서도 화음세포가 성화되어 신령한 의상을 걸친 그날 천국잔치의 황홀함은 못내 전율戰慄로 감전될 것이다.

무엇보다 시적 텃밭을 구도적인 자세로 아우르기를 반복하는 조성만 시인에게 있어 미와 선의 추구를 위한 시간들은 창조적 영혼으로 입증되기에, 행복한 사람은 언제나 시간이 짧아 기도하며 찬송을 부르다보면 어느새 새벽과 운명적으로 만나게 된다. 마치 그것은 두 개의 미적분 포물선이 교차하는 공집합 속에서 파악되는 천상이라는 모성회귀로 해석되기 때문이다. 그의 시편을 통해 심적 고통을 신앙으로 극복하면서 감사感謝로 차오르는 은총이 입증되기에, 예술적 창조성을 통해 실존적 고독을 극복하는 인간의 능력을 점철시킨 파스(Octavio Paz)가 '종교의 문제는 신이 아니라 시간이다.'라는 언급처럼 미로의 출구를 관통하는 길과 출구 바깥의 세계는 모두 시간의 직선적 개념의 산물임은 필히 유념할 바다.

결론적으로 모든 강물이 합수하여 '생명의 모성인 바다'에 이르듯 일체의 대상을 끌어안고 포용하는 수성水性의 대의는 위대한 창조적 영혼의 동질성이다. 그렇다. 평설의 말미에서 맑은 영혼의 소유자인 조성만 시인에게 거는 각별한 기대감이라면 일체의 현상을 합리적으로 의식해야 할뿐더러 영감의 비의秘義를 매듭짓고 '극소수의 창조자'로서의 온전한 실천궁행이다. 까닭에 '시적 접근과 창조적 언어, 영혼의 울림'을 위해 갈등 구조가 내재된 마음의 상처(Trauma)를 치유하기 위한 불멸의 시혼을 이 땅의 독자들에게 당당히 펼쳐 보이되 영혼의 닻줄을 피멍든 손으로 움켜잡는 영성靈性의 자존자로서 빛나는 자긍심을 켜켜이 지켜줄 것을 다시금 당부한다.

조성만 제1시집
영과 양심이 그리는
시는 법이다

인쇄 2021년 05월 01
발행 2021년 05월 6일

지은이 조성만
발행인 김기진
편집인 김기진
펴낸곳 문예출판
등록번호 제 2014-000020호

14202 경기도 광명시 오리로1004길 8,
　　　　　　　　젤라빌리지 B02호
　　　Mobile: : 010-4870-9870
　　　전자우편 : 1947kjk@naver.com
ISBN 979-11-88725-25-0
값 8,000원